迪士尼
情商故事集

新雅文化事業有限公司
www.sunya.com.hk

迪士尼情商故事集

作　　者：Suzanne Francis、Bill Scollon
翻　　譯：潘心慧
責任編輯：張雲瑩、潘曉華
美術設計：黃觀山
出　　版：新雅文化事業有限公司
　　　　　香港英皇道499號北角工業大廈18樓
　　　　　電話：(852) 2138 7998
　　　　　傳真：(852) 2597 4003
　　　　　網址：http://www.sunya.com.hk
　　　　　電郵：marketing@sunya.com.hk
發　　行：香港聯合書刊物流有限公司
　　　　　香港荃灣德士古道220-248號荃灣工業中心16樓
　　　　　電話：(852) 2150 2100
　　　　　傳真：(852) 2407 3062
　　　　　電郵：info@suplogistics.com.hk
印　　刷：中華商務聯合印刷（廣東）有限公司
　　　　　廣東省深圳市龍崗區平湖街道鵝公嶺春湖工業區10棟
版　　次：二〇二二年六月初版
版權所有‧不准翻印

魔雪奇緣 FROZEN

不變的心意

體察情緒

阿德爾王國境內一切安好。安娜和愛莎剛從魔法森林歸來，準備肩負起她們的新責任。

「我相信你，安娜。你是我最信任的人。」愛莎眼中流露出光彩。

安娜微笑。就在幾天前，她對愛莎說過同樣的話。那日之後，發生了很多變化。如今安娜將成為阿德爾王國的女王，而愛莎將成為冰雪女王，掌管魔法森林。

兩姊妹互相揮手道別。「我們很快會再見面的！」安娜高聲
呼叫。

安娜、克斯托夫、雪寶和斯特看着愛莎騎着水之靈諾克在峽
灣上馳騁，最後消失在地平線以外。

雖然距離加冕儀式還有好幾個星期，但安娜已全情投入阿德爾女王這個角色。她幾乎每天都能想出新的點子，來表達她對子民的關愛。

人們所關注的事情，她都會抽空聆聽。萊瑟姆先生找不到眼鏡，她就幫他直到找到為止。當她看見公園有很多小朋友想玩鞦韆，就找人再添置一些。

　　百忙之中，安娜仍然堅持每星期在城堡裏，給王國裏的小朋友說故事。有一天，她到圖書館去選書，發現雪寶正在看書，神色似乎有些悲傷。

　　「你怎麼了？」安娜問。

　　雪寶聳聳肩說：「我只是有一點融化的感覺。」

　　「但你已經被永久凍結了，」安娜說，「你是不會融化的。」

　　「不，我的意思是，心裏有融化的感覺。」雪寶解釋道。

安娜靈機一觸，想到方法讓雪寶開心起來。她帶雪寶到庭院去，請他說故事給小朋友聽。

　　雪寶很樂意這麼做，小朋友們都很喜歡聽他說故事，雪寶感到很自豪。安娜也因為能給雪寶找到一個適合他的新任務而感到快樂！

　　走回城堡時，雪寶興高采烈地聊着剛才說故事的經過。

　　「我想快點告訴愛莎——」他突然停下來。「哎呀！」他歎了一口氣，「那種融化的感覺又回來了。」

　　安娜恍然大悟。「我知道問題在哪裏了。」她說，「你是在想念愛莎。」

　　雪寶深深吸了一口氣，說：「我想你說得對。」

　　「雪寶，你忘了嗎？有些事情是永遠不會變的。」安娜溫柔地說。

　　她提醒雪寶，不論愛莎離他們有多遠，他們之間的愛是恆久不變的。然後她給了雪寶一個大大的擁抱。

雪寶感覺好多了。他說：「我還沒機會告訴愛莎，她離開後發生過什麼事情。」

　　他開始想到很多要跟愛莎分享的事情，但他不知道怎樣才能把這些事情全部牢牢記住。

　　「不如寫一張清單？」安娜提議，「這樣，等到愛莎回來時，你就可以把所有事情都告訴她了！」

　　雪寶覺得這是個好主意。回到城堡後，他匆匆取了紙筆，急着要開始寫清單。雪寶每想到一件想跟愛莎分享的事情，安娜就幫他寫在清單上。

　　「我想告訴她我聞到甜甜的花香，見到可愛的貓咪，克斯托夫留了怪怪的鬍子……」雪寶興致勃勃地說，「還有很多有趣的事情！」

　　「好呀，我們可以繼續在清單上添加新項目，直到愛莎回來為止，好嗎？」安娜說。

　　「謝謝安娜！」雪寶開心地說。

當天，克斯托夫帶給安娜一個驚喜。

「這是萊瑟姆先生為了答謝你的幫忙，特意送給你的小禮物。」他說。

「是巧克力！真好！」安娜歡呼道。她馬上挑了一粒放進嘴裏。

「太好吃了！」她說，然後伸手再取一粒。「我要拿給愛莎──」

安娜說到一半突然停下。就在那一瞬間，她忘了愛莎不在城堡裏。

「看來我只能留一些給她了。」她把話說完。

「你很想念她吧？」克斯托夫問。

「不，不是的……可能……有一點？」安娜無法否認，她的確很想念愛莎。

克斯托夫伸出雙臂摟住安娜。在他溫暖的懷抱中，安娜慢慢放鬆下來。

　　過了一會兒，她說：「其實小時候，我也有見不到她的時候，但我知道她就在走廊的另一端。而現在……雖然我是真心為我們彼此感到高興，不過……是的，我很想念她！」

　　「那是很自然的事。」克斯托夫說，「我們每一個人都很想念她，這是個很大的轉變，需要時間去適應，沒關係的。」

　　他提醒安娜，真正重要的東西是不會因距離而改變的。

　　「何況雪寶、斯特和我都會一直陪伴你。」克斯托夫說完，調皮地加上一句：「你別想趕我們走啊！」

在魔法森林裹，愛莎看見一道燦爛的彩虹
橫跨天空。「我和安娜長大後，就沒見過像這樣的
彩虹了。」愛莎笑着回想起她跟安娜小時候在雨中玩耍
和發現彩虹的情景。「我很想念她。」她低聲說。

　　她朝火之靈小布看過去，小蜥蜴用舌頭舔了舔眼睛。愛莎笑着說：「沒錯，我應該給安娜看看這兒的情景。」

　　她雙手一揮，冰雪立刻出現，在她頭頂上迴旋。

　　然後，風之靈基爾歡快地加入了愛莎的魔法，將冰雪向着阿德爾王國吹去。

這時，安娜正坐在書桌前。風之靈基爾呼呼而至，一座冰雕神奇地出現了。冰雕一形成，安娜便盯着它看，想起了她和愛莎小時候一起玩耍的那個雨天。然後她走到窗前，果然不出所料，天空有一道美麗的彩虹。就在這一刻，她感到愛莎彷彿就在她的身邊。

「啊，我多麼希望能回她一個訊息！」安娜說。

　　突然，風之靈把安娜書桌上的紙張吹到半空中，並繞着房間快速旋轉。

　　「基爾！」安娜一邊驚呼，一邊追着紙張跑。「你想做什麼？我現在沒有時間跟你玩呢。」

基爾捲起一枝筆，把它放到安娜的手中。接着，一張紙飄落在桌面。然後，基爾輕輕把安娜推到椅子上。安娜終於明白了，說：「你可以幫我帶信給愛莎！」

安娜寫道：親愛的姊姊，謝謝你讓我看見彩虹！

她把紙摺好後，基爾就帶着信從窗口離去。

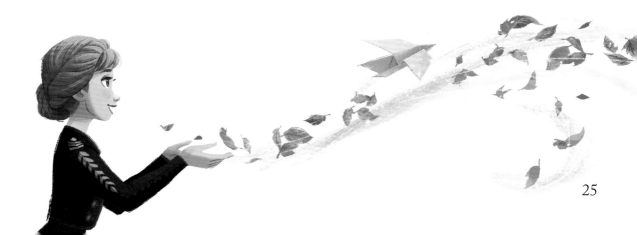

愛莎收到安娜的信時，感到高興極了。

「不用謝！」她輕聲說。得知安娜在城堡也能看見彩虹，愛莎實在太開心了，她不得不回覆！

基爾隨着愛莎的魔法颼一聲的離去，再次把訊息帶給安娜。

　　愛莎和安娜很喜歡互相傳遞訊息，基爾也非常樂意幫忙。雪寶看到來信時，覺得很好玩，也想加入。他畫了一幅畫，跟安娜的信放在一起。

　　「你說愛莎和小布會喜歡我的新畫作嗎？」雪寶問。

　　「他們肯定會喜歡的！」安娜回答。

　　愛莎沒多久便回阿德爾探望大家。重逢時，每個人都很興奮。

「我好想你啊！」

「我也是！」

「我們有很多東西要給你看！」

「也有很多話想說！」

「能和你們在一起真是太好了！」

　　他們來一個集體大擁抱後，便匆匆出發──這是忙碌的一天，他們安排了很多節目。

　　安娜帶愛莎去參觀王國裏的一些新設施，兩姊妹還一起試玩了新鞦韆。

　　雪寶興致勃勃地跟愛莎分享他的清單。

　　「雪寶，這張清單很詳細啊！」愛莎佩服地說，「我還以為自己和你一起經歷了這些事情呢！」

　　聽見愛莎這麼說，雪寶心裏感到暖烘烘的。

　　黃昏時，克斯托夫和斯特為大家精心預備了大餐——當然少不了美味的巧克力甜品！

賽車的真諦

鼓勵別人

小薑拉美利絲和閃電王麥坤在畢拉山上飛馳。小薑曾經是訓練新一代跑車的頂尖教練，但如今是一名賽車手，而閃電王就是她的領隊！他們剛回到打冷鎮，為下一場大型比賽做準備。

小薑非常緊張，她為自己在訓練時所犯的小錯誤而感到沮喪。

　　「啊！我的輪胎在打滑！」她大呼。

　　「放鬆點，小薑！」麥坤說，「你已經做得很好了！」

　　麥坤對小薑有信心，他知道她具備了成為一流賽車手的各種技巧，可是小薑卻懷疑自己的能力。

「作為一名賽車手，對比賽必須要有信心。」麥坤說。

「怎樣才能做到呢？」小薑問。

「相信自己是最好的，輪胎自然會發揮出最佳水準！」麥坤
大聲說。

　　小薑很想相信他的話……但心底裏還是懷疑自己是否能夠做到最好。這些小錯誤令她無法肯定自己的能力，她知道自己可以做得更好！

　　麥坤看着小薑跑圈，發現她太過在意自己的小錯誤，因而過度糾正自己。

　　小薑終於靠邊停下來。

　　「為什麼你如此緊張和不安？」麥坤問。

「我必須做到十全十美。」她說。

「我要證明給大家看，我在佛羅里達州500大賽中勝出，靠的不是新手的運氣。」

「你給自己那麼大的壓力也不是辦法。」麥坤說，「走吧，先好好休息。」

　　稍後，麥坤在阿飛V8咖啡屋跟莎莎和哨牙嘜見面。

　　「領隊當得怎樣呀？」哨牙嘜問。

　　「比想像中困難！」麥坤回答，「小薑賽車是為了證明給全世界看她是有能力的，我認為這就是她難以進步的原因。」

　　「她似乎在懷疑自己的能力。」莎莎說。

　　「哈！麥坤，你就沒有這個問題。」哨牙嘜說，「你從未懷疑過自己。事實上，你以為只靠自己就能贏……直到藍天博士糾正你的想法。」

　　「這就對了！」麥坤高呼，「哨牙嘜，你幫了我一個大忙！」他跟好友們說了聲謝謝，便疾駛而去。

第二天，麥坤一大早便來到小薑
住的旅館。當他前往小薑的房間時，
莎莎正從辦公室出來。

「早安，麥坤！」她說，「小薑
天亮前就離開旅館去跑圈了。」

麥坤大笑。「哈哈！我讓她好好
休息，但看來她沒有把我的建議放在
心上。」

莎莎和麥坤一起前往畢拉山，他們看着小薑跑了一圈又一圈。麥坤發現小薑仍然用力過猛，就像前一天那樣。

小薑終於慢下來，開到她的朋友面前。「我不知道我的問題出在哪裏。」她沮喪地說。

　　「我覺得你現在面對的困難……不是技術上的問題。不管你跑多少圈，都解決不了的。事實上，想太多反而會令事情更糟糕。」麥坤滿面笑容地靠近小薑說。

　　「跟我們來！」他說，「我們想給你看一些東西。」

　　麥坤和莎莎帶小薑來到烽火輪藍天賽車博物館。小薑困惑地說：「麥坤先生，我知道藍天博士很厲害，但我們以後再來參觀博物館不可以嗎？」

　　「相信我吧，小薑。」麥坤說。

烽火輪藍天賽車博物館裏展示了很多紀念品、海報、相片、文章，還有電影，全都是關於這位傳奇賽車手的。

「在藍天博士的巔峯時期，沒有任何賽車手能追得上他。」麥坤說。

「他贏了三屆州際盃。」莎莎補充。

小薑用敬畏的眼神看着那些獎盃。

「藍天博士熱愛他所做的事。對他來說，這些只是一堆普通的杯子而已。」麥坤解釋，「得獎固然很好，但並不是真的那麼重要。」

「當然記得！」小薑說。「有誰會把車頭燈關掉，在一片漆黑中賽車？」

「你是怎麼做到的？」莎莎問，「麥坤說你從樹林中出來，一點刮痕也沒有。」

「我也不知道，」小薑回答，「我猜我只是⋯⋯相信自己的直覺吧。」

「這就對了！」麥坤說。

他們回到鎮上時，小薑心情已經好轉，而且壓力全消，明顯地比之前自信多了。

「今天的表現很不錯，小薑！」麥坤說，「回去休息吧，明天再繼續訓練。」

第二天早上，小薑醒來，發現鬧鐘上有張字條，
寫着：咖啡屋見！

小薑到達時，驚訝地發現打冷鎮的
好友都在那裏。

「我們希望你知道，你是打冷鎮這個大家庭的一份子。」麥坤說。

　　「小薑，我們都支持你！」阿飛說。

　　「當然，這還用說嗎？」哨牙嘜補充，「我和警長還把舊的高速公路封起來，這樣你就可以有新的場地進行訓練了。」

　　小薑聽後非常感動。

這時的她不想匆匆趕去
訓練，她想先在阿飛V8咖啡
屋和好友享受一罐汽油……

然後到勞佬車軚店，去找勞佬和阿佳。

「我覺得是時候換一套新的輪胎了。」小薑說。
　　阿佳迅速地替小薑換了輪胎。新輪胎看起來很神氣，小薑感
覺好極了！

上了高速公路，小薑迎着前面暢通無阻的路面微笑，她已經
準備好了。

「來吧，麥坤先生！」她說，「我們來比賽！」

麥坤和小薑齊驅並進，盡情地在高速公路上飛馳。快到轉彎的地方，麥坤高聲說：「相信自己是最好的！」

「輪胎自然會發揮出最佳水準！」小薑大叫。
她以最快的速度越過那個彎道。
「做得好！」麥坤高呼。

他們停下來，回頭看了看正在喝彩的好友們。「成功的條件你都有了。」麥坤說。

「是的。」小薑說，「我有賽車的技巧和相信我的領隊，還有一羣經常提醒我，我有多麼熱愛賽車的好朋友！」

麥坤微笑。「這些是真正賽車手才會說的話！」

獅子王
THE LION KING

展開新生活

自律精神

辛巴在離家很遠的地方，遇見了狐獴丁滿和疣豬彭彭。

「小朋友，你還好嗎？」丁滿問。

「還可以吧。」辛巴歎了一口氣。

丁滿和彭彭看得出，這隻小獅子迷了路，又疲倦又難過的。於是，他們邀請辛巴同行。

　　丁滿和彭彭最享受過着輕鬆的日子——沒有煩惱，沒有責任。他們有一句座右銘，能簡單說明這種生活態度。

　　「跟着我說：『Hakuna matata！』」丁滿說。

　　「什麼？」辛巴問。他從來沒有聽過這句話。

　　「意思就是『不用擔心』。」彭彭解釋。

　　辛巴隨着新朋友到他們在森林裏的家，四周的美景令他讚歎不已。

「你們就住在這裏呀？」他羨慕地問。

「我們高興住哪裏，就住哪裏。」丁滿說。

辛巴很喜歡新朋友們這種無憂無慮的生活。他們不在乎他從
哪裏來，或為什麼要離家出走。對辛巴而言，這樣最好不過了。

沒多久，辛巴就習慣了丁滿和彭彭Hakuna matata的生活方式。他很喜歡整天自由自在，到處闖蕩和玩耍。在這裏，沒有人對他說「做這個」或「不能做那個」。

跟丁滿和彭彭在一起，生活充滿了樂趣！

　　有一天，辛巴和朋友們無意中發現了一個大泥坑，辛巴第一個跳進去玩！

　　「太好了！」他大叫。他現在可以盡情地把自己弄得滿身泥漿，而且不用洗澡，完全不用擔心被罵呢！

　　彭彭也跟着撲通地跳了進去，把泥漿濺得到處都是！

　　「嘩！好厲害，彭彭！」丁滿大笑。

雖然泥漿黏在毛上有點癢，但辛巴毫不理會，他一點也不想洗澡，何必那麼麻煩？有誰在乎呢？何況Hakuna matata不就是意味着他可以隨心所欲地做任何事情嗎？

丁滿看着滿身泥漿的朋友，搖搖頭說：「希望這兩個傢伙在還未發臭之前把自己洗乾淨。」他屏住呼吸地說，「受不了！」

　　第二天，他們在森林裏到處奔跑，玩追逐遊戲。丁滿和彭彭準備回家的時候，辛巴卻決定留下來，因為這裏有太多可以探索的事物！他在樹藤之間盪來盪去、攀上岩石、追逐蝴蝶，甚至看翠鳥媽媽教寶寶怎樣潛入河裏抓魚。

　　辛巴盡興而歸時，餓得可以吃下一匹斑馬，但他已逐漸習慣吃昆蟲——牠們雖然滑溜得很，但美味可口！

「丁滿和我已經吃過了，但應該還有剩餘的蟲。」彭彭愉快地說。

辛巴還不是很會捕捉昆蟲，他只抓到幾隻做晚餐，所以仍然覺得很餓。他心裏想，也許我應該早一點回來，這樣晚餐就會豐富些了。

　　過了不久，彭彭準備上牀睡覺。

　　「為什麼你每晚都那麼早睡？」辛巴問。他感到很好奇，為什麼寧可早睡也不多玩一會兒？

　　「我們疣豬是很需要睡眠的。」彭彭解釋，「這就是我有那麼多精力玩，和吃得跟豬一樣多的原因呀！」

　　「彭彭，你本身就是豬。」丁滿指出。

　　「是啊！」彭彭說。

彭彭睡覺時，辛巴和丁滿熬夜說笑話和趣事。
最後，丁滿站起來，打了一個呵欠。
「好了，小朋友，我要睡了。」他爬上自己的
吊牀說。「真是累壞了。晚安！」
片刻間，他便呼呼大睡。

辛巴因太興奮而難以入眠。夜間的森林看起來和日間是多麼的不同，這種神奇的感覺，讓他很想參與其中！何況他肯定，不管多晚睡覺，他早上照樣能起牀。

　　辛巴睡眼惺忪地追逐螢火蟲、觀看月亮和星星。他還遇見很多在白天睡覺、晚上活動的動物。最後，他拖着疲倦的身軀回家睡覺。

「小朋友，起牀啦！」丁滿拍着辛巴的肩膀說。
辛巴不情不願地動了動。怎可能那麼快就到早上了？
「我們準備去找早餐。」彭彭說，「要不要一起去？」

辛巴覺得肚子在咕嚕咕嚕叫。他終於張開眼睛，
抱怨說：「嗯，當然。我晚餐幾乎沒吃過什麼。」
「我的天！一大早就鬧脾氣了呢！」丁滿說。
「大概是睡眠不足。」彭彭低聲說。

　　幾日後，他們去到一個水坑時，辛巴仍然有點暴躁。水坑是一個喝水消暑和結交新朋友的好地方，但其他動物都怕了辛巴。

　　「恕我直言，小朋友，你真的需要洗澡了！」丁滿說。

　　「什麼意思？」辛巴問。

　　「意思是，辛巴，你很臭！」彭彭說。

「不可能！」辛巴堅持，「我沒有聞到任何氣味。」

「但我們都聞到。小朋友，你自己看一下吧！」丁滿指着其他動物說，「沒有一隻動物是站在順風的那一邊。」

辛巴生氣地跑開。Hakuna matata的意思，應該是沒有煩惱，沒有責任，不應該需要按時洗澡、睡覺和吃晚餐！

　　彭彭和丁滿馬上去追辛巴，他們在森林裏一個安靜的角落找
到他。

　　「看來這位小朋友掉入谷底了。」丁滿說。

　　「正確來說，他是在溪邊。」彭彭糾正他的朋友。

　　「不，不，我是指他的心情掉到谷底。」丁滿說。

　　「噢，或許我們應該看看他有什麼煩惱。」彭彭回答。

　　丁滿和彭彭向着他們的朋友走過去。丁滿說：「嘿，兄弟，
怎麼了？」

「我覺得自己不屬於這裏。」辛巴難過地說。

「我們明白這種感覺。」彭彭安慰他說。

「對不起。」丁滿補充，「這不是我們想要見到的結果。」

「絕對不是。」彭彭說，「你來這裏之前，大概從早到晚都有人告訴你該怎麼做吧。」

「現在你必須培養自理能力，自己決定什麼時間該做什麼事情了。」丁滿繼續說，「這是個很大的轉變。」

辛巴歎了一口氣說：「確實是這樣。」

突然，彭彭有個主意。「我想到了！只要我們更加負責任，就可以幫助你學習和培養責任感了！」

「什麼？」丁滿大叫，「彭彭，你想清楚再說！」

「我是認真的。」彭彭回答，「我們可以無憂無慮，同時有責任感地生活。」

「這是兩件完全不同的事情呀！」丁滿大喊。

但辛巴覺得這個主意不錯。「我們可以試一下嗎？」他問。

「別猶豫了，丁滿。」彭彭說，「說不定這個方法能解決我們的問題，就這麼做吧！」

丁滿看着兩個好友充滿期待的眼神，然後把辛巴的髒毛打量了一番。最後，他說：「好吧，如果先從洗澡開始，我就加入。」

丁滿和彭彭帶辛巴到他們最喜歡的洗澡勝地。

「完美的溫度，最適合洗澡。」丁滿說，「沒有比這裏更好的地方了！」

辛巴在水裏玩了一會兒，然後開始清洗身上的污垢，「把泥漿全部洗掉真的很舒服啊！」他說。

「還能洗掉那些會讓你生病的細菌。」彭彭補充。

「你聞起來也會更香。」丁滿接着說。

彭彭的肚子咕嚕地叫。「還有，洗澡會令你肚子餓！」

「不，才不會呢！」丁滿反對。

「噢！」彭彭說，「但我現在真的很餓。」

「我也是！」辛巴說。

「那麼，好吧。」丁滿說，「我們去吃東西！」

　　他們來到了一個地方，那裏有幾棵倒下的樹。辛巴開始追逐一隻胖嘟嘟的甲蟲。

　　「辛巴，我知道你還是個捕蟲新手。」丁滿說，「但我們需要很多蟲，不只是一隻。」

　　「我知道。」辛巴回答，「我是在跟着直覺行事。」

　　「我肯定你跟着的是甲蟲！」丁滿取笑他。

　　那隻甲蟲從一根爛木底下溜進去，辛巴和彭彭一起用力把木頭破開。

　　「看這裏！」丁滿驚呼，「好一頓又好看又好吃的昆蟲大餐啊！」

晚餐後，丁滿用樹葉做了一個袋子。「我要把剩下的昆蟲留起來，好讓我們等一下可以當零食吃。」他解釋。

「好主意！」彭彭說。一起努力找到足夠的食物，意味着大家都不會捱餓。

就在這時候，辛巴打了一個飽嗝。「啊！不好意思。」

「不錯呀，辛巴！」丁滿說。很快，這三個好友便開始一場打嗝比賽！

辛巴和丁滿還需要一點時間，才能養成早睡的習慣。辛巴在床上翻來覆去，什麼姿勢都覺得不舒服；而丁滿則不停地提出各種下床的理由。

「我需要喝點水。」他說。然後，回到床上躺下，他又說：「啊，我還是很口渴。」

同樣的情況發生了好幾次，彭彭終於忍不住說：「丁滿！睡——覺——啦！」

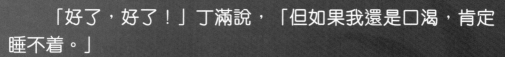

「好了，好了！」丁滿說，「但如果我還是口渴，肯定睡不着。」

不過，在他躺下來不久，便開始打呼嚕了。

辛巴微笑，他想，既然丁滿做到了，那麼自己也能做到。然後他閉起眼睛，慢慢睡着了。

接下來的幾天，他們發現了一件很重要的事。原來一起努力工作、互相鼓勵和制定時間表，真的能改善他們的生活。

「責任感這玩意，真是個好主意！」丁滿說，「幸虧我想得出來。」

「咳咳！」彭彭清了一下喉嚨。

「啊，當然，還有彭彭的幫忙。」丁滿說。

「是呀，但如果我沒有出現，你們兩個一輩子也想不出來！」辛巴說。

彭彭大笑。「說不定真是這樣啊！」

「這孩子說得有道理。」丁滿咯咯地笑。

辛巴、丁滿和彭彭自由自在地生活了一段很長的時間。他們的座右銘始終沒變，只是多了幾個字……無憂無慮，有責任感地生活！

Hakuna matata!